BIBLIOTHÈQUE
ÉCOLES ET DES FAMILLES

LA
VOCATION DE PAUL VIOLET

PAR

J. GIRARDIN

PARIS
LIBRAIRIE HACHETTE ET Cⁱᵉ
79, boulevard Saint-Germain, 79

BIBLIOTHÈQUE
DES ÉCOLES ET DES FAMILLES

LA VOCATION
DE PAUL VIOLET

PAR

J. GIRARDIN

PARIS
LIBRAIRIE HACHETTE ET Cie
79, Boulevard Saint-Germain, 79
1883

PAUL FUT TOUT DE SUITE UN PÊCHEUR MODÈLE.

LA VOCATION

DE PAUL VIOLET

Le père de Paul Violet était ouvrier dans une fabrique de boutons, à Paris ; sa mère, tout en s'occupant du ménage, cousait des sacs de toile pour les minotiers. Ces braves gens habitaient au sixième étage d'une de ces grandes maisons qui avoisinent les Halles.

Des fenêtres du sixième, on aurait joui d'une très belle vue, si, par malheur, le logement des Violet n'eût donné sur la cour. Quand le petit Paul regardait en bas, il frissonnait de la tête aux pieds, car cette cour sombre et étroite avait tout à fait l'air d'un puits, au fond duquel résonnaient les sabots et la voix de la portière, qui avait la mauvaise habitude de crier toujours au lieu de parler.

Paul entendait aussi le pas des personnes qui allaient à la pompe, le bruit du balancier et celui de l'eau qui se précipitait dans les seaux et éclaboussait le pavé, quand ils étaient pleins et qu'on les retirait.

C'était le seul bruit de la cour qui fît plaisir à Paul. Il aimait l'eau et le bruit de l'eau, par instinct. Quand personne ne manœuvrait le balancier de la pompe, Paul regardait en l'air. Il voyait alors comme une forêt de cheminées. Il n'aimait pas les cheminées, parce qu'elles avaient l'air grognon. Mais ce qu'il aimait bien, c'était le ciel que l'on apercevait au-dessus des cheminées, et les nuages qui passaient à grande vitesse. Quand il était fatigué de contempler le ciel, Paul s'asseyait sur un petit tabouret et regardait coudre sa mère. Tout en la regardant coudre, il lui adressait des questions d'enfant, auxquelles sa mère était quelquefois bien embarrassée de répondre, car elle n'avait reçu aucune instruction.

« Où vont les nuages? lui demanda-t-il un jour.

— Ils vont où le vent les pousse, lui répondit sa mère, en continuant de coudre la grosse toile des sacs.

— Et d'où viennent-ils ?

— On dit qu'ils viennent de la mer?

— Qu'est-ce que c'est que la mer?

— On dit que c'est une grande étendue d'eau, dont on ne voit point la fin.

— Alors c'est plus grand que la Seine ?

— Oh ! je crois bien ; on dit que la Seine n'est rien du tout auprès de la mer. »

Le petit Paul se mit à rêver. Il aimait la Seine avec passion ; comparée à l'augette qui était sous le robinet de la pompe dans la cour, la Seine lui avait paru la plus grande étendue d'eau que l'on puisse imaginer. C'est toujours sur le quai qu'il demandait à aller les dimanches ; il ne connaissait rien de plus beau au monde que la vue de la Seine, et voilà maintenant que la mer était encore plus grande !

Il venait souvent des chanteurs des rues dans la cour de la maison.

Quelquefois la mère du petit Paul fermait la fenêtre, et quelquefois elle la laissait ouverte.

Elle fermait la fenêtre quand elle entendait ces gens chanter des choses mauvaises, de ces choses qui font de la peine aux honnêtes gens et du mal à l'âme des petits enfants. Paul ne réclamait jamais, car il savait que sa maman était plus sage que lui, et qu'elle faisait toujours tout pour le mieux.

D'ailleurs elle le récompensait de son obéissance en lui redisant, pour la centième fois peut-être, les contes de la Mère l'Oie, qu'elle savait par cœur, et qu'elle racontait, les yeux fixés sur son ouvrage de couture. De temps en temps, elle levait la tête, et voyant que son petit garçon l'écoutait bouche béante, elle lui souriait.

Paul lui rendait son sourire, et reprenait haleine en poussant un gros soupir; car il était si attentif aux récits de sa mère, qu'il oubliait quelquefois de respirer.

Pendant ce temps-là, les chanteurs de mauvaises chansons finissaient par s'en aller, emportant leur violon ou leur guitare, et comptant leur recette dans le creux de leur main en faisant la mine; car les locataires de la grande maison n'étaient pas riches.

Quelquefois madame Violet laissait la fenêtre ouverte et permettait à son petit Paul d'écouter. Alors les romances que l'on chantait au fond de la cour l'emportaient en imagination par-delà les limites de la grande ville, au milieu des prés, des bois, en plein soleil, parmi les fleurs et les oiseaux.

Mais sa joie ne connaissait plus de bornes quand il entendait sur le pavé de la cour un pas qu'il était impossible de confondre avec un autre. C'était celui d'un chanteur à jambe de bois. Le bruit sourd de la jambe de bois, qui ressemblait à celui d'un pilon, alternait avec le grincement d'un soulier armé de clous énormes.

Poum! faisait le pilon. Criiîche! faisaient les clous du soulier.

Quand Paul entendait cela, il se précipitait à la fenêtre, et madame Violet laissait la fenêtre toute grande ouverte; car si le chanteur avait la voix rude et fausse, il chantait toujours des choses très convenables. L'homme était un ancien matelot, du moins à ce qu'il disait, et toutes ses chansons parlaient de la mer, des grandes vagues, des tempêtes. Voilà pourquoi le petit Paul était si heureux de l'entendre.

Un jour que Paul revenait de faire une course avec sa mère, il rencontra sous la grande porte l'homme à la jambe de bois qui sortait de la cour.

Paul le salua poliment et lui dit : « Bonjour, monsieur!

— Bonjour, mon garçon, » répondit l'homme en riant, et il porta la main à son chapeau en regardant madame Violet.

« J'aime beaucoup vos chansons, reprit le petit Paul.

— Il y en a de plus laides, répondit modestement le chanteur.

— Il n'y en a pas de plus jolies, » riposta Paul avec enthousiasme.

La figure de Paul était si ouverte et si franche, que le chanteur prit son compliment en bonne part.

« Je sais bien que j'ai de la voix, dit-il en se rengorgeant ; mais il y en a qui se font entendre de plus loin que moi. Maintenant, mon petit homme, peux-tu me dire pourquoi tu trouves mes chansons jolies ?

— Parce qu'elles parlent toujours de la mer, répondit Paul sans hésiter.

— Ah! ah! mon gaillard, tu aimes donc la mer ?

— Oui, monsieur, beaucoup.

— Tu la connais donc ?

— Non, monsieur, mais maman dit que c'est une eau dont on ne voit pas le bout, tant il y en a!

— Ça, c'est vrai; et moi qui te parle, j'ai été quelquefois plusieurs mois de suite sans voir autre chose que le ciel et l'eau!»

Là-dessus l'homme à la jambe de bois salua madame Violet, adressa à Paul un signe de tête amical et se mit à arpenter le trottoir. Paul regardait avec un mélange d'admiration et d'envie le dos d'un homme qui avait vu de si grandes quantités d'eau.

Quand il fut en âge d'aller à l'école, il se prit d'une véritable passion pour la géographie, parce que la géographie parle de la mer.

Le maître de la petite école que fréquentait Paul Violet était un homme instruit et intelligent. Il savait que quand un petit garçon a un goût très vif pour une partie quelconque des connaissances humaines, il est facile, en s'y prenant bien, de l'amener à avoir du goût pour les autres parties.

Il causa avec Paul; il lui fit des récits, il lui prêta des livres et « l'ami de la mer », comme il l'appelait en riant, devint aussi l'ami de la terre, je veux dire qu'il s'intéressa aux îles et aux continents, qui forment les différentes parties du monde, et aussi aux races si différentes qui les habitent, et à leur histoire.

Madame Violet continuait à coudre des sacs pour les minotiers, et son petit Paul continuait à lui tenir compagnie, dans l'intervalle des classes. Mais les rôles étaient changés. La mère ne racontait plus à son enfant les contes de la Mère l'Oie; c'était l'enfant qui racontait à sa mère les merveilles de la terre et de l'eau.

Il y a un proverbe qui dit · « On apprend à tout âge. » Madame Violet avait juste trente-neuf ans le jour où son bambin lui apprit que la terre est sphérique comme une orange et qu'elle tourne sur elle-même avec une rapidité effrayante.

« Pas possible! s'écria la bonne femme,

qui, dans son effarement, cessa de coudre et tint son aiguille en l'air pendant une bonne demi-minute.

— C'est dans les livres ! répondit le petit bonhomme avec un grand sérieux.

— Là ! voyez donc ! » dit madame Violet en reprenant haleine ; car l'excès de la surprise lui avait un moment coupé la respiration. A partir de ce jour-là, elle regarda avec un certain respect ce petit garçon, haut comme une botte, qui savait lire dans les livres, et y découvrait des choses si extraordinaires.

Quand l'ouvrier boutonnier revint le soir de la fabrique où il travaillait tout le jour, sa femme lui apprit que la terre était ronde et qu'elle tournait sur elle-même avec une rapidité épouvantable.

Dans ce temps-là, on ne se donnait pas autant de peine qu'on s'en donne aujourd'hui pour instruire les enfants : l'ouvrier boutonnier n'avait jamais mis le pied dans une école. Il crut donc que sa femme voulait plaisanter; il déclara que cette histoire de la terrre était une *bourde*, et que *cela ne prendrait pas avec lui.*

« Demande à Paul, » lui dit gravement sa femme.

M. Violet cessa de ricaner, et s'inclina devant l'autorité de Paul, parce que Paul savait lire et que lui, il ne savait pas.

Paul prit son petit atlas, et expliqua de son mieux ce qu'on lui avait expliqué à lui-même.

Ses deux grands élèves comprirent-ils la démonstration? C'est peu probable. Mais ils acceptèrent le fait, parce que Paul affirmait que le fait était vrai.

Le soir, après souper, Paul se mit à étudier sa leçon du lendemain. De peur de le troubler, son père et sa mère parlaient tout bas, et ils se demandaient avec inquiétude si cette petite tête qui se penchait sur l'atlas pourrait contenir, sans éclater, tout ce que l'enfant y introduisait.

Tout à coup Paul leva la tête, et dit en

souriant : « Vous savez, il y a bien plus d'eau que de terre. » En disant cela, il montrait à ses parents les deux hémisphères que l'on voit côte à côte en tête de tous les atlas.

« Ah! s'écria le père, il y a plus d'eau que de terre !

— Oui, beaucoup plus ! » s'écria Paul d'un air triomphant.

Demandez-moi un peu pourquoi il avait l'air triomphant? Qu'est-ce que cela pouvait bien lui faire qu'il y eût plus d'eau que de terre?

Que voulez-vous? c'était son idée, à cet enfant, d'être content de cela. Souvenons-nous, pour nous expliquer son idée, qu'il avait depuis sa plus tendre enfance la passion de l'eau.

Il pensait continuellement à la mer, mais comme à une chose qu'il ne verrait jamais de sa vie.

Pour le récompenser de ses progrès, son père eut l'idée de lui faire cadeau d'une ligne. Paul fut tout de suite un pêcheur modèle. Comme la pêche n'était qu'un prétexte pour regarder couler l'eau, il restait des heures immobile, sans perdre patience.

L'eau le fascinait; quelquefois le bouchon de sa ligne remuait très fort, parce que, comme l'on dit, « cela mordait »; mais il n'y faisait pas seulement attention dans ces moments-là. Il se disait à lui-même: « Voilà de l'eau qui s'en va à la mer. Dans combien de temps y sera-t-elle? je voudrais être dans un bateau, suivre le courant et arriver à la mer! mais il n'y a pas moyen; et c'est grand dommage. »

Quand il attrapait un poisson, il était très content, parce que les pêcheurs ont leur amour-propre, comme les chasseurs.

Il le regardait frétiller au bout de sa ligne qu'il levait très haut; il décrochait son poisson lentement, pour donner aux passants tout le temps de le voir; il le montrait aux autres pêcheurs. Il se réjouissait d'avance d'en faire la surprise à sa mère.

Quand il ramenait un vieux chapeau ou un chat noyé, cela lui était bien égal ; il était le premier à rire de sa mévaventure.

Paul avait atteint ses douze ans, et il venait de faire sa première communion. Considérant qu'il était grand et fort pour son âge, et qu'il en savait plus long qu'il ne fallait pour faire un bon apprenti, le père Violet dit à sa femme :

« Ma vieille, voilà qu'il est temps que notre garçon cesse de travailler de la tête pour commencer à travailler des bras. »

La femme répondit :

« Faisons ce que tu crois le meilleur. »

Mais, en prononçant ces paroles de résignation, elle ne put s'empêcher de soupirer. Elle était fière de son garçon, et il y avait des moments où elle se disait qu'en continuant à travailler de tête, il serait peut-être devenu à la longue un employé du gouvernement.

Le père Violet reprit : « Ma vieille, je vois bien pourquoi tu soupires ; mais crois-moi, le petit sera plus heureux en faisant ce que j'ai décidé. »

Quelque temps après, l'ouvrier boutonnier, en revenant de son usine, attrapa une fluxion de poitrine dont il mourut. Heureusement pour la veuve et pour l'orphelin, il avait placé un peu d'argent à la caisse d'épargne.

La veuve, qui n'était pas d'une forte constitution, traîna quelque temps après la mort de son mari. Elle fut prise d'une mauvaise fièvre, quelque chose se dérangea du côté du cœur, et elle mourut subitement, laissant notre Paul tout seul au monde.

Un des amis de son père, ouvrier comme lui dans la fabrique de boutons, avait été désigné pour lui servir de tuteur. Ce brave homme lui conseilla de se faire ouvrier boutonnier comme l'avait été son père, dont le souvenir lui servirait de recommandation ; mais Paul, qui avait son idée, préféra se

***

faire apprenti cordonnier. Un ouvrier boutonnier reste forcément attaché à la manufacture où on l'emploie ; un cordonnier
peut pratiquer son métier partout, et voir
du pays. Paul voulait voir du pays.

Le tuteur de Paul fut bien un peu con-
trarié de voir son pupille préférer la cordon-
nerie à la boutonnerie. Cet homme aimait
son état et il lui eût été agréable de faire un
boutonnier de ce petit garçon qui promet-
tait de devenir quelque chose de bon. Et
puis, là-bas, à la manufacture de boutons,
la place était assurée d'avance, il n'y avait
pas à chercher.

Quand il vit que Paul tenait bon, ce brave
homme endossa son costume des dimanches, mit ses grosses lunettes de corne sur
son nez, prit un air grave et important, et
fit une tournée chez tous les cordonniers du
quartier.

Son choix se fixa sur un petit homme très
actif et très bon garçon, qui avait une petite
femme très active et très bonne ménagère,

une petite fille d'un an très avancée pour son âge, et une petite boutique très propre et très bien tenue. Le petit homme s'appelait M. Hucheur.

Quand le tuteur de Paul eut regardé gravement à travers ses lunettes le petit homme, la petite femme, la petite fille et la petite boutique, il commença à croire qu'il aurait de la peine à trouver mieux pour son pupille. Quand il eut causé longuement avec le petit homme et la petite femme, il acheva de croire qu'il avait trouvé, comme on dit, « la pie au nid. »

Les Hucheur logeraient et nourriraient l'apprenti ; le tuteur, avec ce qui restait de l'argent de la caisse d'épargne, se chargeait de son entretien.

Dès le lundi suivant, Paul entra comme apprenti à la *Botte sans Pareille*, et il y passa plusieurs années très douces et très heureuses.

Son patron ne se mettait jamais en colère après lui, parce qu'il comprenait ses explications du premier coup; et puis, il était adroit de ses mains, appliqué à l'ouvrage et ne perdait jamais une minute.

Madame Hucheur le soignait de son mieux, et mademoiselle Hucheur n'était jamais plus contente que lorsqu'il la tenait dans ses bras pour l'amuser et la faire rire.

A force de forger l'on devient forgeron; à force de manier le marteau, le tire-pied et l'alêne, on devient cordonnier. Un jour poussant l'autre, les années s'écoulèrent, et, un beau matin, Paul se trouva cordonnier, et même excellent cordonnier.

Dès qu'il eut terminé son apprentissage, il résolut de descendre la Seine par étapes, jusqu'à la mer. Sa première étape fut Mantes-la-Jolie. C'est à Mantes qu'il apprit à ramer, et qu'il devint de première force à jeter l'épervier.

Voici comment: Le patron auquel il offrit ses services était un grand amateur de pêche. Ce pêcheur-cordonnier ou cordonnier-pêcheur, comme on voudra, avait un

DE PREMIÈRE FORCE A JETER L'ÉPERVIER.

bateau à lui. Il se chargeait de fournir de goujons l'*Hôtel du Grand-Cerf et du Cheval blanc réunis*, qui a toujours été renommé pour ses fritures de goujons.

Quand il vit que Paul était réellement un très bon ouvrier, et qu'il abattait plus de besogne en une heure qu'un ouvrier ordinaire en deux heures et demie, il commença à l'emmener avec lui du côté de la Seine ; ils côtoyaient les bords, ils suivaient le courant, ils le remontaient, ils s'en allaient du côté du vieux pont de Limay, et le cordonnier-pêcheur faisait de telles râfles de goujons avec son épervier, que Paul, sans être un flatteur, ne pouvait s'empêcher de lui adresser des compliments.

« Essaye à ton tour, » lui dit un jour son patron en lui tendant l'épervier.

Paul refusa d'essayer avant d'avoir reçu de son maître les explications les plus complètes et les plus détaillées. « Car, dit-il en souriant, je vois bien que vous jetez l'épervier très facilement ; mais je vois bien aussi

IL APPRIT A PÊCHER A LA SEINE EN MER.

que c'est une besogne difficile et même
dangereuse.

— Tu me plais de plus en plus, lui dit
son patron ; tu ne t'en fais pas accroire
comme tant d'autres, et tu aimes à te rendre
compte des choses avant de mettre la main
à la pâte. Je te dis que tu me plais. »

Alors il lui apprit l'art si difficile d'étendre
selon les règles l'épervier sur le bras gau-
che, de bien l'étaler en le jetant, pour
couvrir le plus d'espace possible, et surtout
de ne pas se jeter à l'eau la tête la première ;
ce qui arrive aux pêcheurs novices, quand
une maille est accrochée à un bouton de
leur habit, au moment du lancer.

Quelquefois, quand il était au beau
milieu de la Seine, il regardait le fleuve
d'un air pensif et se disait : « Cette eau-là
a pourtant passé sous le Pont-Neuf. »

De Mantes, il descendit à Rouen. Comme
c'était un garçon qui avait des yeux pour
voir et des oreilles pour entendre, il
tomba en admiration devant les beaux

monuments dont cette ville est remplie ; par malheur, dans ce temps-là, il n'y avait point de livres élémentaires d'architecture, et il enrageait de ne pouvoir raisonner son admiration et s'en rendre compte. Aux jeunes garçons qui se trouveraient aujourd'hui dans le même embarras, je conseille charitablement de se procurer l'excellent livre de M. Colomb, intitulé : *Habitations et Édifices* ; ils m'en diront des nouvelles.

J'ai dit que Paul avait des oreilles pour entendre. Tout en travaillant de son métier de cordonnier, et en pêchant l'éperlan à ses heures de loisir, Paul entendit parler du *mascaret*.

« Le *mascaret*, qu'est-ce que c'est que cela ?

— C'est une énorme barre d'eau qui, à l'époque des grandes marées, remonte la Seine avec la vitesse d'un cheval au galop, et avec un bruit que l'on peut comparer au grondement d'un train de chemin de fer ;

c'est à Caudebec que le mascaret offre le spectacle le plus imposant. »

« En route pour Caudebec, » se dit Paul; comme l'époque des grandes marées était proche, il s'en alla manier le tire-pied et l'alène à Caudebec. Non seulement il vit le *mascaret*, mais encore il eut occasion de se livrer à un genre de pêche tout nouveau pour lui.

Quand la barre a passé, poursuivant vers la haute Seine sa course folle, les riverains s'arment d'un engin de pêche très original. Un cercle de tonneau est suspendu à une perche; de toute la circonférence du cercle pendent des bouts de ficelle auxquels on a attaché des vers. On laisse flotter le cercle, et on le retire au bout de quelques minutes. Des masses d'anguillettes, grosses comme le petit doigt, pendent aux ficelles. Elles avalent si goulument le ver, qu'il n'est point besoin d'hameçon pour les retenir.

Quand il eut contemplé le mascaret et pêché l'anguillette, Paul se rendit au Havre.

IL S'AMUSAIT A PÊCHER LA CREVETTE.

L'instinct du vrai pêcheur s'était éveillé en lui. Auparavant il ne s'intéressait guère qu'à l'eau, maintenant il s'intéressait à l'eau et aux poissons.

La vue de la mer le rendit presque fou de joie ; et il lui sembla qu'il aimerait, par-dessus toute chose, à s'embarquer sur un bateau à vapeur pour traverser l'océan Atlantique. Mais il fut raisonnable. Avant de s'embarquer, il fallait amasser le prix du voyage. Il se mit donc au travail avec ardeur, passant toutes ses heures de loisir sur le bord de la mer ou dans un bateau de pêcheur. Les pêcheurs ne demandaient pas mieux que de le prendre avec eux, car c'était un bon compagnon, et il mettait volontiers la main à la manœuvre. C'est ainsi qu'il apprit à pêcher à la seine, en mer.

Quand il avait trop peu de temps devant lui pour partir en mer, il s'amusait à pêcher la crevette ; aussi tout le monde le connaissait sur la côte ; on disait de lui : « C'est ce cordonnier qui ne peut vivre que

IL PÊCHA AUSSI L'ÉCREVISSE.

sur l'eau ou dans l'eau, à pêcher n'importe quoi, pourvu qu'il pêche. »

Un Anglais, en quête d'ouvriers français pour une grande manufacture de Londres, embaucha Paul Violet. L'idée de traverser la Manche lui souriait ; ce serait comme un apprentissage pour le grand voyage qu'il méditait toujours ; et puis, on lui offrait un salaire énorme.

Londres ne lui plut pas. Le mouvement des navires l'intéressait, mais il trouvait la Tamise trop noire et trop sale. Il prit patience cependant, et resta en place jusqu'à ce qu'il eut amassé un très gros magot.

Alors, ayant entendu parler des lacs d'Écosse et des torrents où l'on pêche l'écrevisse et le saumon, il partit pour l'Écosse, visita les lacs, pêcha l'écrevisse et le saumon ; et, tout le temps, il se disait : « Nous voilà bien loin du quartier des Halles ! »

Pour remplir sa bourse, qui s'était vidée pendant son excursion, il travailla à Édim-

IL PÊCHA LE SAUMON.

bourg, et ensuite à Aberdeen, où il était arrivé en descendant le cours d'une rivière que l'on appelle la Dee.

Comme il allait aussi souvent qu'il le pouvait au bord de la mer, et fréquentait les matelots, il apprit que le capitaine d'un navire baleinier cherchait des hommes de bonne volonté pour compléter son équipage.

Il se présenta, subit une espèce de petit examen où il fit preuve de beaucoup de savoir et d'intelligence, et fut enrôlé avec la haute paye, parce qu'il promit de veiller à l'entretien des bottes des matelots.

Comme Paul agissait toujours avec réflexion et se donnait tout entier à ce qu'il faisait, il fut bientôt un baleinier accompli, et on le citait comme le plus intrépide et le plus adroit harponneur de l'équipage.

Il harponna donc la baleine, pêcha le phoque pour se distraire, et chassa l'ours blanc.

Dans les régions où l'on pêche la baleine,

IL HARPONNA LA BALEINE.

on rencontre des navires de toutes les na-
tions. Un jour que Paul Violet, avec quelques hommes de l'équipage, s'en allait sur
la glace pour chasser l'ours blanc, il rencontra des baleiniers américains qui chas-
saient le même gibier.

Le capitaine du baleinier américain,
qui faisait partie de l'expédition, et qui connaissait Paul de réputation, lui proposa
de l'emmener à son bord, moyennant un
salaire considérable. Paul, qui était un
homme très loyal, refusa ses offres, parce
que son engagement avec le baleinier
d'Aberdeen n'était pas expiré. Mais il prit
rendez-vous avec le capitaine américain
pour la saison suivante.

De retour à Aberdeen, il partit pour
l'Amérique et rejoignit son nouveau capitaine. En moins de dix ans, il amassa une
petite fortune, et reprit le chemin du quartier des Halles.

De retour à Paris, il épousa la fille de
son ancien patron, qui, de son côté, avait

IL PÊCHA LE PHOQUE POUR SE DISTRAIRE.

fait fortune. Il loge sur le quai de la Mégis-
serie. Tantôt on le voit à sa fenêtre obser-
vant la Seine avec sa longue vue ; tantôt
on le rencontre sur les quais, donnant le
bras à sa femme, et suivi de quatre petits
garçons armés de cannes à pêche ; tantôt
il cause avec les marchands de lignes et
d'engins de pêche, et leur suggère des per-
fectionnements qu'ils se hâtent d'accom-
plir, à la grande satisfaction de leurs
clients. Ils le considèrent tous comme un
grand homme ; quant à lui, il se considère
tout simplement comme le plus heureux
des hommes, et il rend tout le monde
heureux autour de lui.

FIN

MOTTEROZ. Adm.-Direct. Imp. réunies, B

BIOGRAPHIES D'HOMMES ILLUSTRES

CHAQUE VOL.. : Broché .... 15 c.

— Couverture en couleurs. 25 c.

Alexandre-le-Grand.	Gutenberg.
Ampère.	Kléber.
Arago	La Pérouse.
Beethoven.	Lavoisier.
Buffon.	Livingstone.
Cavour.	Louvois.
César (Jules).	Magellan.
Charles XII.	Michel-Ange.
Christophe Colomb.	Mirabeau.
Cook.	Mozart.
Cuvier.	Napoléon Ier.
Dante.	Necker.
Daubenton.	Palissy (Bernard).
De l'Orme (Philib.).	Papin.
Desaix.	Puget (Pierre).
Franklin.	Serres (Olivier de).
Galilée.	Solon.
Gama (Vasco de).	Stephenson.
Gœthe.	Washington.
Goujon (Jean).	Watt.

MOTTEROZ, Adm.-Direct. Imp. reunies, B